四季團團轉

認識 四季變化

〔意〕Agostino Traini 著 / 繪

張琳 譯

新雅文化事業有限公司
www.sunya.com.hk

九月到了，夏天就快結束了。
天氣不再像之前那麼炎熱了。
安格和皮諾走在沙灘上，可是他們現在不想玩水了。
水先生說：「快跳進來，和我一起玩吧。」

今天不玩了，
謝謝邀請！

「不了，謝謝，你變得有點冷了。」安格回答說，「我們現在想去吃西瓜！」

水先生笑了，想了想，說：「哈哈，如果我變得有些冷了，那你們也找不到西瓜吃了！」

水先生的話是什麼意思呢？

思考點

小朋友，水一定是液體狀的嗎？想一想，當水降溫到0℃後會是什麼樣子？如果水加熱達到100℃後呢？

再見！

答案：
水在0℃後就會變成固體的冰塊了；繼續達到100℃後會變成水蒸氣。

安格和皮諾告別了水先生。
他們要去九月路上的蔬果店裏找西瓜。

九月路

蔬果店的老闆是秋先生，看到他們來了，打招呼道：
「朋友們，你們好，來嘗嘗我的水果吧。」

秋先生蔬果店

秋天一般從9月開始到11月結束。

秋天是一個收穫的季節，準備在冬天冬眠的動物也要開始儲藏食物了。北極熊、松鼠、蛇都是會冬眠的動物，牠們會儲藏什麼食物呢？

- 北極熊在冬天來臨之前會吃很多魚、昆蟲等食物。
- 松鼠會儲藏枯草、松子等果仁過冬。
- 蛇在冬天來臨之前，會吃一些蛙類或者蛋，將食物儲藏在身體內。

思考點

除了葡萄可以釀酒外，還有哪些水果可以釀酒？

秋先生的水果非常非常美味，可是就像水先生所說的，真的沒有西瓜。

參考答案：蘋果、李子、甘蔗、鳳梨、葡萄、梅子等。

秋先生解釋道：「在這個季節裏，是長不出西瓜的，這個季節的陽光只能長出葡萄，還有其他蔬果。」

有點陽光，但不會太強烈！

會下點雨⋯⋯

葡萄真好吃呀！

南瓜

栗子和檸檬

梨

知識點

檸檬有什麼用途？

檸檬是一種用途廣泛的水果，它可以泡水喝，補充身體的維他命C；也可以用來做菜增添食物的味道；還能殺菌消毒，清除廚房的污垢呢。

安格和皮諾與秋先生告別之後，又去另一家蔬果店。
在十二月路上，他們找到了一家。
這家蔬果店的老闆是冬先生，他向他們問好道：「歡迎，朋友們，來嘗嘗我的水果吧。」

十月路

十一月路

十二月路

冬先生的
蔬果店

你好嗎？

耶！！

冬天一般從12月開始到明年
2月結束。

冬天到了，北方
會下雪。其實，
雪花是有形狀
的，你知道雪花
是什麼形狀嗎？

大部分的雪花是六
角形的，在顯微
鏡下看雪花晶瑩剔
透，非常漂亮呢。

冬先生蔬果店裏的貨品雖然不多，但美味又有營養。
不過，安格和皮諾仍然沒有找到西瓜。

多先生說：「在這個季節裏，地上長出了一些別的食物來。」

安格和皮諾品嘗了鮮美的雜菜湯，還喝了鮮榨橙汁。

思考點

冬天在戶外時，天氣特別冷，有什麼方法能讓身體變得暖和些呢？請說說看。

參考答案：
多運動、穿暖和衣服、戴手套等等。還有喝熱飲或吃
如即食麵、喝熱湯等方法。

燕子為什麼會在冬天來臨之前飛往南方,直到春天才飛回北方呢?

燕子是一種候鳥,也就是說,因為北方的冬天太冷了,燕子的食物,比如昆蟲等減少了,牠們就會飛往南方較溫暖的地方過冬,那裏氣候溫暖,還有足夠的食物,然後等到第二年春天再飛回北方生活。

安格和皮諾與多先生告別後,繼續去尋找大名鼎鼎的西瓜。

在二月路的盡頭、三月路的路口有一家春姑娘蔬果店。

春姑娘一見到他們就熱情地說：「朋友們，歡迎你們，來嘗嘗我的蔬果吧！」

春姑娘蔬果店

蘆筍

洋蔥

我是蜂后哦！

蜂后在蜜蜂家族中主要是做什麼的呢？

蜂后在家族中，並不領導蜂羣，牠們主要是生產小蜜蜂，起到繁衍後代的作用。在春天，一隻蜂后有可能一天能生產2000多個蜂卵呢。

春天一般從3月開始到5月結束。

春姑娘的蔬果非常新鮮美味，不過，這裏仍然沒有找到西瓜。

下點雨吧！

今天的太陽暖洋洋的。

青瓜

春姑娘說：「在這個季節，太陽讓土地裏長出了許多的果實！」

安格和皮諾吃了很多草莓和櫻桃。

櫻桃一吃就停不下來！

我們在採蜜！

蜜蜂為什麼要採蜜？

蜜蜂採蜜是為了給蜂后和工蜂提供食物、養育後代，有的蜜蜂還會用蜂蜜來築巢呢。

人的身體為什麼會出汗？

當人體的溫度升高時，身體的皮膚就會通過汗腺排出汗液，這是身體散熱的方式。此外，當我們感到緊張、做運動或是勞動時，也是很容易出汗的。

安格和皮諾與春姑娘告別後，走過四月路，吃完了最後幾顆櫻桃和草莓。

接着，他們沿着五月路又來到了六月路。

好熱啊！幸好六月路靠近海邊，兩個好朋友決定跳進水裏涼快一下。

今天太陽曬得可真厲害啊！

該收割小麥了！

六月路

思考點

夏天為什麼大家都想吃西瓜呢？

水先生看到他們，跟他們問好。

「再次見到你真好，水先生！」安格和皮諾說。

「現在你又變熱了。」安格說。

水先生笑着說：「也就是說，你們很快就能找到一直在尋找的東西了！」

六月路

西瓜！

參考答案：
因為西瓜含有大量的水分，而且清甜可口，所以，夏天大家都喜歡吃水分多、味道甜美的西瓜。

再往前走多一點，在六月路上有一家蔬果店。
蔬果店的老闆夏太太向他們問好。

看，我的新帽子多漂亮！

夏太太蔬果店

蜜瓜

好大呀！

夏天一般從6月開始到8月結束。

小朋友，圖中出現了哪些蔬果？請說說看。

「朋友們，你們好，來吃片美味的西瓜解解渴吧！」
夏天的蔬果可豐富了，而且都很可口。

無花果

番茄

西瓜真甜！

茄子

参考答案：
無花果、番茄、蔔茄、西瓜、甜瓜、茄子、甜椒等。

夏太太說：「在這個季節裏，太陽和土地都非常慷慨，長出了很多美味的蔬果。」

安格和皮諾吃了很多西瓜和無花果。

安格和皮諾用了整整一年的時間才找到西瓜,在尋找西瓜的過程中,他們品嘗到了四個季節裏幾乎所有的蔬果。

我會狗爬式的泳姿哦!

安格說：「如果任何時候都能吃到所有的這些蔬果就好了。」

水先生回答：「我知道你喜歡吃好吃的食物，不過在適當的時間吃每個季節賜予我們的美味食物才更健康啊！」

天氣真好啊！

蔬果生長需要哪些條件？

蔬果屬於植物，一般來說，植物生長需要有陽光、水分、空氣和土壤這幾個最重要的條件。

「哪些蔬果應該在什麼季節生長由我來決定。」太陽先生說。

「沒錯，」土地補充道，「但我可以幫助它們快快長大！」

安格和皮諾在一片美麗的菜園裏耕種。

「這樣我們就能品嘗到每個季節的美味蔬果了。」安格笑着說。

科學小實驗

你會學到許多新奇、有趣的東西，
它們就發生在你的身邊。

蔬果畫

你需要：

報紙

水彩顏料

畫紙

塑膠盤

生菜根

切成兩半的蘋果

青瓜的底部

難度：

做法：

① 在桌上或是地板上鋪上報紙。

2 把顏料擠在不同的盤子裹。

3 選擇一個水果或是蔬菜（請大人幫忙切水果或蔬菜），然後用切好的水果或蔬菜蘸一下顏料。

4 現在把你的蔬果圖章按壓在紙上，看，它們創造的圖形多美啊！

- 分成兩半的蘋果可以畫出蝴蝶的翅膀……你可以為牠加上美麗的觸角！
- 用青瓜可以畫出許多排成一行的小圓圈。是不是很像一條毛毛蟲呢？
- 你還可以用美麗的玫瑰花圍圍住牠，試用生菜的菜根畫出玫瑰花圍吧！

今天天氣如何？

你需要：

 一個塑膠盤

 顏色筆

 幼繩

 較厚的白色和紅色卡紙各一張

 晾衣服的夾子

 膠水　 剪刀

難度：

做法：

 1

把塑膠盤放在白色卡紙上。用筆沿着盤子的邊緣在卡紙上畫一個圓圈。請大人幫你沿着筆痕把圓圈剪下來。

把圓形的卡紙劃分成幾個區塊，在每一區上分別畫上太陽、雲、雨滴和雪……並塗上不同的顏色。

 在紅色的卡紙上畫一個箭嘴，並請大人剪下來，然後貼在晾衣服的夾子上。

 請大人幫忙在圓形的卡紙頂端鑽一個孔，從裏面穿一根繩子。

 現在你可以在窗邊掛上你的晴雨表了。

每天早晨你看一下窗外，看到什麼樣的景象就把夾子夾在相應的圖片上。這樣，家裏其他人都能知道今天是什麼天氣啦！

好奇水先生
四季團團轉

作者：〔意〕Agostino Traini

繪圖：〔意〕Agostino Traini

譯者：張琳

責任編輯：曹文姬

美術設計：何宙樺

出版：新雅文化事業有限公司

香港英皇道499號北角工業大廈18樓

電話：（852）2138 7998

傳真：（852）2597 4003

網址：http://www.sunya.com.hk

電郵：marketing@sunya.com.hk

發行：香港聯合書刊物流有限公司

香港新界大埔汀麗路36號中華商務印刷大廈3字樓

電話：（852）2150 2100　　傳真：（852）2407 3062

電郵：info@suplogistics.com.hk

印刷：中華商務彩色印刷有限公司

香港新界大埔汀麗路36號

版次：二〇一五年五月初版

二〇二〇年九月第三次印刷

版權所有·不准翻印

ISBN: 978-962-08-6311-0

©2013 Edizioni Piemme S.p.A., via Corso Como, 15 - 20154 Milano - Italia

International Rights © Atlantyca S.p.A. - via Leopardi 8, 20123 Milano, Italia - foreignrights@atlantyca.it - www.atlantyca.com

Original Title: Le Stagioni Fanno il Girotondo

©2015 for this work in Traditional Chinese language, Sun Ya Publications (HK) Ltd.

18/F, North Point Industrial Building, 499 King's Road, Hong Kong

Published in Hong Kong

Printed in China